I CLASSICI
Ritrovati

Collana diretta da Enrico De Luca

EDMONDO DE AMICIS

L'ULTIMO AMICO

Edizione a cura di Enrico De Luca

Caravaggio
Editore

L'ultimo amico di Edmondo De Amicis.
Edizione a cura di Enrico De Luca

Copyright © 2019 **Caravaggio Editore**
Vasto (CH), Italy
www.caravaggioeditore.it
informazioni@caravaggioeditore.it

Collana Editoriale *I Classici Ritrovati* (Volume 3)

Prima edizione Giugno 2019

ISBN 978-88-95437-89-7

INTRODUZIONE

Edmondo De Amicis non è l'unico autore nei confronti del quale per molti anni si sono nutriti numerosi pregiudizi, corroborati da giudizi critici non sempre lusinghieri.[1]

[1] Nato a Oneglia nel 1846, il 1861 entra nel Collegio Candellero di Torino, dove prepara gli esami di ammissione per l'Accademia Militare di Modena. Dell'anno dopo è l'inno *La Polonia* che il giovanissimo De Amicis osa spedire ad Alessandro Manzoni, il quale lo esorta a continuare a scrivere. Nel 1863 entra all'Accademia militare e perde il padre. Inizia a scrivere i primi bozzetti e racconti che firma con le iniziali E. D. e che pubblica su alcune riviste e poi in volume, prima con Treves nel 1868 (*La vita militare. Bozzetti*) e l'anno dopo con Le Monnier (*Racconti militari: libro di lettura ad uso delle scuole*). Ancora una raccolta di *Novelle* nel 1872 e i *Ricordi del 1870-71*, seguiti da una serie di libri di viaggio, pubblicati sempre con Treves: *Spagna* (1873), *Olanda* e *Ricordi di Londra* (1874), *Ricordi di Parigi* (1875), *Marocco* (1876), *Costantinopoli* (1878). Nel 1880 riunisce

Eppure non solo vasta e variegata, ma anche impegnata ci appare la sua produzione, dall'esordio come novelliere, poco più che

insieme in una raccolta le poesie scritte negli anni precedenti e le pubblica con Treves (1881); il 1883 appare *Gli amici*, seguito da *Alle porte d'Italia*. Il 15 ottobre del 1886 esce *Cuore*, che si rivela un record librario straordinario, con le sue 41 edizioni in soli due mesi e le 18 richieste di traduzione. Seguono, fra gli altri titoli, un resoconto del viaggio in America dal titolo *Sull'Oceano* (1889), *Il romanzo d'un maestro* (1890), le novelle *Fra scuola e casa* (1892), il romanzo incompiuto *Primo Maggio*, *La maestrina degli operai* (1895), una serie di racconti poi riuniti insieme nella raccolta *Nel regno del Cervino* (1902), il saggio *L'idioma gentile* (ripubblicato riveduto e corretto nel 1906), *Pagine allegre* (1906) e *Nel Regno d'Amore* (1907). Per ulteriori informazioni biobliografiche cfr. M. Mosso, *I tempi del Cuore: Vita e lettere di Edmondo De Amicis ed Emilio Treves*, Milano, Mondadori, 1925; M. Valeri, *De Amicis*, Firenze, Le Monnier, 1954; L. Gigli, *De Amicis*, Torino, UTET, 1962; C. Cappuccio, *Edmondo De Amicis: profilo biografico*, in *Memorialisti dell'Ottocento*, Napoli, Ricciardi, 1972 e gli apparati di E. De Amicis, *Opere scelte*, a cura di F. Portinari e G. Baldissone, Milano, Mondadori, 1996.

ventenne, con la raccolta *La vita militare.
Bozzetti* (Treves 1868)[2] fino ai *Nuovi ritratti
letterati ed artistici* pubblicato nel 1908, poco
prima di morire. Fra questi estremi è oppor-
tuno ricordare, a parte il fortunatissimo *Cuore*
(Treves 1886), anche e soprattutto i libri di
viaggio (*Spagna, Olanda, Ricordi di Londra, Ricordi di Parigi, Marocco, Costantinopoli,
Sull'Oceano*), gli altri romanzi prevalentemente
legati a finalità pedagogiche e sociali (*Gli amici,
Il romanzo d'un maestro, Primo Maggio* [incom-
piuto], *La maestrina degli operai, Gli azzurri e i
rossi, La carrozza di tutti*, ecc.), le raccolte di racconti (*Novelle, Fra scuola e casa, Ricordi d'infan-
zia e di scuola, Nel regno del Cervino*, ecc.), le *Poesie* (1881) e gli scritti politici raccolti nel 1899 in

[2] La raccolta venne più volte ristampata fino all'edizione definitiva del 1880 che comprende venti bozzetti.

Lotte civili. Raccolta di bozzetti, scritti e conferenze socialistiche.

Il racconto che qui si propone fu pubblicato per la prima volta nel 1900 con il titolo *Il mio ultimo amico* presso Salvatore Biondo, editore palermitano che lo ristampò nel 1907 e nel 1917;[3] l'autore decise poi di includerlo, apportando alcuni ritocchi, nella raccolta *Nel regno del Cervino* (Treves), ma solo a partire dall'edizione del 1905 con il titolo *L'ultimo amico.*

Concepito negli ultimi anni della sua vita, in un periodo particolarmente funesto (il 13 luglio 1898 gli muore la madre Teresa Busseti, alla quale era molto legato,[4] e pochi mesi dopo,

[3] Di questa prima edizione è disponibile una ristampa anastatica edita da Il Formichiere (2010).

[4] Scriverà due componimenti poetici (di cui il secondo in forma di sonetto) dedicati alla figura

il 15 novembre dello stesso anno, il figlio ventenne, studente di medicina, si suicida;[5] il 1899

della madre, con identico titolo *A mia madre*; riporto le cinque quartine a rima incrociata del primo e più noto (E. De Amicis, *Poesie*, Milano, Treves 1881, pp. 105-106): «Non sempre il tempo la beltà cancella / O la sfioran le lacrime e gli affanni; / Mia madre ha sessant'anni, / E più la guardo e più mi sembra bella. // Non ha un detto, un sorriso, un guardo, un atto / Che non mi tocchi dolcemente il core; / Ah se fossi pittore / Farei tutta la vita il suo ritratto. // Vorrei ritrarla quando inchina il viso / Perch'io le baci la sua treccia bianca, / O quando inferma e stanca / Nasconde il suo dolor sotto un sorriso. // Ma se fosse un mio prego in cielo accolto / Non chiederei del gran pittor d'Urbino / Il pennello divino / Per coronar di gloria il suo bel volto; // Vorrei poter cangiar vita con vita, / Darle tutto il vigor degli anni miei, / Veder me vecchio, e lei / Dal sacrifizio mio ringiovanita.»

[5] Furio si tolse la vita con un colpo di pistola alla nuca su una panchina del Valentino, storico parco torinese; pochi mesi prima il cugino, di poco più grande, aveva compiuto il medesimo gesto. Ignote

è l'anno in cui si separa definitivamente dalla moglie[6]), è incentrato sul rapporto fra l'anziano scrittore e Dick, il suo amico quadrupede, portato a casa dal figlio minore Ugo.[7]

le cause, alcuni parlarono di problemi universitari, altri di problemi familiari con la madre, estremamente oppressiva. Quest'ultima in tutti i suoi scritti, invece, parlò della morte del figlio come di un «assassinio», indicando come mandanti il padre e il partito socialista.

[6] Teresa Boassi De Amicis pubblicherà nel 1904 *Schiarimenti*, aspro *pamphlet* accusatorio verso De Amicis, definito pessimo marito e cattivo padre. Sul loro tormentato rapporto cfr. L. Tamburini, *Mater Dolorosa. Il Calvario di Edmondo e Teresa De Amicis*, in «Studi Piemontesi», 1989, XVIII, 1, pp. 25-47 e Id., *Teresa e Edmondo De Amicis: dramma in un interno*, Torino, Centro Studi Piemontesi, 1990.

[7] Ugo De Amicis (1879-1962) fu anch'egli scrittore, fra l'altro di numerosi racconti; ricordiamo almeno *La moralità del male* (1906) e la raccolta *Storie infernali* (1930) in cui si possono leggere undici racconti dalle ambientazioni macabre.

Rapporto che nasce per caso, e che riesce a vincere un preconcetto, mediante la convivenza con un essere che si rivela dotato di elevate capacità intellettive e affettive, e che De Amicis non si risparmia di considerare il suo ultimo amico, colui che maggiormente gli viene in aiuto nel periodo più buio e difficile della sua vita.

Il testo della presente edizione segue l'ultima volontà dell'autore (Treves 1905); nell'apparato di note, per lo più esplicativo, trovano posto anche tutte le varianti, alcune delle quali di qualche interesse, fra la prima edizione Biondo (1900) siglata con A e quella Treves (1905) siglata con B.

Enrico De Luca

Edmondo De Amicis

L'ultimo amico

Edmondo De Amicis, incisione di E. Ronjat, 1875

«Vieni. Eccomi allungato sulla poltrona, a comodo tuo. Vieni a schiacciare un sonnellino sulle mie ginocchia, come ogni giorno.»

Mi sarei mai sognato, un anno fa, che avrei preso l'abitudine di far la siesta con un cane? Poiché compie l'anno appunto in questi giorni che il mio figliuolo[1] lo portò in casa rinvoltato[2] in un mezzo giornale come un piccione arrosto, e lo posò qui sull'impiantito,[3] dove mi fece sorridere la prima volta,

[1] Si riferisce al figlio minore Ugo.
[2] *rinvoltato*: avvolto.
[3] *impiantito*: pavimento fatto di mattonelle.

dopo molto tempo, con la sua impostatura[4] di ranocchio, dondolandosi sulle gambe deretane[5] allargate, bianco e rotondo come una palla di cotone. Povero Dick! Tolto, appena spoppato,[6] a sua madre e ai suoi fratelli, e portato in questa casa colpita dalla sventura,[7] parve ch'egli[8] capisse subito perché l'avevamo preso e che cosa aspettavamo da lui. Non si spaventò della casa sconosciuta, non

[4] *impostatura*: contegno, postura.

[5] *deretane*: posteriori.

[6] *spoppato*: svezzato.

[7] Nel 1898, come è stato già ricordato nell'Introduzione, erano morti la madre e il ventiduenne figlio Furio (suicida); l'anno seguente De Amicis dovette affrontare anche la separazione dalla moglie.

[8] che egli *A*

si lagnò della sua solitudine, e rispose subito alle nostre carezze con dimostrazioni d'affetto, facendoci presentire fin dal primo giorno che sarebbe diventato per noi, non solo una distrazione gradevole, ma una compagnia e un conforto, e che col tempo, per quante cure gli si fossero usate, se si fosse conteggiato il debito reciproco della gratitudine, sarebbe rimasto lui il creditore. Sì, caro Dick: tu non sei più un cane per noi: sei un amico. E sei proprio quello che ci voleva per la nostra casa: un amico che non parla e non ride. Non mi badare; non parlo che tra me; dormi pure.

*

Fra i tanti debiti di gratitudine ho[9] anche questo con lui: che egli mi ha fatto fare ammenda[10] d'un'ingiustizia. Io ero ingiusto con la sua razza; non perché l'odiassi, ma perché non l'amavo, e non l'amavo perché non la conoscevo. Non avevo mai avuto cani; non sapevo di loro che quanto n'avevo imparato da discorsi d'amici e dalle pagine di qualche scrittore, e le meraviglie e le tenerezze udite e lette credevo più che altro fiori di fantasia. No, non credevo che un cane potesse occupar tanta parte ed entrare così addentro nella

[9] ci ho *A*

[10] *fare ammenda*: riconoscere il proprio errore, rimediare.

vita d'un uomo. Me ne persuasi a poco a poco, vedendo crescere questo in casa mia. Ora questo piccolo essere che un po' ciondola[11] per le stanze con l'aria d'un ozioso mangiato dalla noia, e un po' va con la fretta e l'affanno d'un lavoratore affaccendato, cacciandosi in tutti i buchi, frugando in tutti gli angoli e scrutando tutte le oscurità come un commissario di polizia; che rubacchia fazzoletti e gomitoli, e si fa inseguire col furto in bocca come per pigliarsi spasso di noi; che assalta imperterrito un pezzo d'uomo[12] e fugge spaventato davanti a un imbuto; che si

[11] *ciondola*: va girovagando qua e là.
[12] *pezzo d'uomo*: uomo di una certa stazza.

balocca[13] per un'ora con un giornale e fa il leone furioso contro una scarpa; che fiuta le lettere come un amante, annusa i libri come un bibliomane[14] e origlia agli usci come una spia…

«Dico di te, Dick, poiché ti sei svegliato e mi guardi…»

Sì: tu che rispondi a una mia sgridata con un ringhio, sostenendo il mio sguardo, come un monello riottoso,[15] e ti rimpiatti[16] dopo

[13] *si balocca*: si diverte, gioca.

[14] *bibliomane*: chi ha la mania di raccogliere libri.

[15] *riottoso*: disubbidiente, irrispettoso.

[16] *ti rimpiatti*: ti fai piccolo, ma anche ti nascondi.

una malefatta come un colpevole cosciente; che ti volti a guardarmi con gratitudine quando ti metto una mano sul capo, e mi rendi il bacio con una leccata, e mi allunghi una zampa sulla bocca perché io smetta il fischio che ti dà ai nervi; che segui con l'occhio tutti i gesti e ti volti a tutte le voci della conversazione quando si discorre di te, come se intendessi il senso delle parole, e passi continuamente da manifestazioni d'intelligenza che ci sbalordiscono a segni di stupidità che ci riescono al confronto inesplicabili, e ti mostri a volta a volta,[17] nel giro d'un'ora, grave[18]

[17] *a volta a volta*: di volta in volta, a turno.
[18] *grave*: serio, riflessivo.

come un filosofo,[19] giocoso come un bimbo, fiero come una belva, astuto come una femmina, prepotente come un tiranno e umile come un mendico;[20] tu sei divenuto per me un oggetto di curiosità e di osservazione continua, uno svago, un pensiero d'ogni momento, che mi conduce, per mille vie diverse, ad altri infiniti pensieri e immaginazioni remotissime[21] da te, le quali riempiono tutti i vani in cui per[22] il passato mi soleva entrare la noia,[23] e stringono ogni giorno più forte i

[19] uomo *A*

[20] *mendico*: mendicante.

[21] *immaginazioni remotissime*: ricordi molto lontani.

[22] *per*: durante, nel.

[23] *noia*: dolore.

cento legami sottilissimi, ma saldissimi, della nostra amicizia.

*

Sì, caro Dick.

E sai chi è che mi fece sentire il primo impulso d'affetto per te? Fu, non volendolo, anzi, con parole intese a un effetto opposto, un signore con tanto di barba e di laurea, ch'io[24] mandai a chiamare dopo un mese che t'avevo in casa, perché mi parevi malato. Saputo che non eravamo insieme che da breve tempo, e parendogli ch'io fossi già seccato

[24] che io *A*

dei fatti tuoi, fu sincero: mi disse, appena ti vide:

«È bruttino.»

Poi soggiunse:

«È un bastardo. Quanto l'ha pagato?»

«Trenta soldi», risposi.

«Non li vale», ribatté, sorridendo.

O mio povero Dick! Brutto, bastardo e non stimato trenta soldi.

Io sentii una grande pietà di te, e ti volli bene da quel momento, perché t'avevano offeso, perché riconobbi in te un diseredato della natura, e pensai che in nessuna parte avresti trovato fortuna al mondo, fuorché nella mia casa. Brutto, bastardo, pagato troppo caro al prezzo d'un chilogrammo di

carne! E allora tu m'apparisti bello e di sangue puro come quei Narcisi[25] della tua razza[26] ai quali si decretano nelle esposizioni le medaglie d'oro, e da quel giorno stesso, vinta la repulsione dei primi giorni, cominciai a pigliarti in braccio, a premerti contro il mio petto e a sentir con piacere nella palma[27] della mano e sul viso l'umidità fresca del tuo musino nero. E come m'hai ricompensato presto! Pensare che in cinquant'anni non avevo provato mai la soddisfazione di veder un cane per la strada corrermi incontro di

[25] *Narcisi*: esemplari ben riusciti.
[26] razza, *A*
[27] *palma*: oggi usato al maschile, palmo.

lontano e venirmi a buttar[28] le zampe sulle ginocchia come per darmi un abbraccio! N'ebbi[29] la prima volta una gioia insieme e una meraviglia di ragazzo,[30] che mi fece andar a casa col pastrano[31] imbrattato di mota[32] fino alla cintura, senz'avvedermene.

Mio buon Dick! E poi, a mano a mano, presi a distinguere le espressioni diverse dei suoi occhi, nei quali non avevo mai visto da prima che un'espressione sola, immutabile, o meglio[33] l'aspetto muto di due ciliegie nere,

[28] ad allungar *A*
[29] Ne ebbi *A*
[30] *di ragazzo*: infantile.
[31] cappotto *A*
[32] *mota*: fango.
[33] o meglio, *A*

segnate d'un punto luminoso nel mezzo, come d'una goccia brillante di rugiada. Vi riconobbi a poco a poco l'espressione della curiosità, dell'impazienza, del disinganno doloroso, del rimprovero d'una promessa tradita,[34] della preghiera supplichevole e della domanda risoluta,[35] sorretta dalla coscienza d'un diritto, e del timore incerto, che sospetta la burla nella minaccia e l'insidia nella carezza, e della dolcezza ostentata che spia il momento propizio per un furterello innocente. Oh, come ti capisco ora quando vieni a domandarmi:

[34] per una mia promessa non mantenuta, *A*

[35] e della preghiera supplichevole e anche della domanda ardita, *A*

«Perché non badi a me questa mattina?»

«Perché non usciamo quest'oggi?»

«Perché questa sera si tarda a desinare?»

«Tu ti cambi per uscire; mi conduci con te?»[36]

«Vuoi farmi il piacere di aprirmi quell'uscio?»

«O che è questo strepito che vien dalla strada, tu che sai tutto?»

E anche quando mi dici:

«Come puoi fare buon viso a codesto malnato,[37] che si capisce che odia i cani, e che mi stroncherebbe con un calcio, se non fossi tuo.»

[36] con te *omesso in A*
[37] *malnato*: miserabile, spregevole.

*

Rieccolo sveglio, che guarda se dormo.

«Non dormo, no; ma tu puoi restare, piccolo amico. Che hai?»

Ho steso la mano per accarezzarlo, un po' vivamente,[38] ed egli ha fatto civetta[39] col capo, come per scansare una percossa, dandomi una sbirciata timorosa. Perché mai? Io non l'ho mai picchiato; né alcun altro in questa casa; né altri prima, in quei pochi giorni che passarono fra la sua nascita e il suo cambiamento di domicilio. Come mai può temere

[38] *vivamente*: con energia.
[39] *ha fatto civetta*: si è scansato prontamente per evitare un colpo.

un male di cui non ha fatto esperienza, e che dovrebbe ignorare?

Non può essere che un terrore ereditario[40] della mano umana, destato in lui dal mio atto improvviso,[41] non ben chiarito[42] dallo sguardo, come l'altre[43] volte. È così, certamente. O povero Dick! Chi sa quante busse[44] si saranno buscate i suoi progenitori! Poiché egli discende da una linea canina volgare, di cui forse non un solo soggetto in mezzo secolo

[40] atavico *A*
[41] che gli destò il mio atto improvviso *A*
[42] non spiegato *A*
[43] le altre *A*
[44] *busse*: percosse.

raggiunse il valore d'uno scudo,[45] e forse nessuno, smarrito dal padrone, ebbe mai l'onore d'un annunzio pubblico che promettesse[46] la più misera mancia a chi lo ritrovasse. Chi sa da che disgraziata catena egli procede di povere bestie bastonate da padroni barbari, lapidate[47] da monelli feroci, avvelenate da chiappacani[48] municipali, martoriate nei laboratori di fisiologia,[49] date in pasto alle belve dei serragli,[50] o

[45] *scudo*: moneta.

[46] promettente *A*

[47] *lapidate*: ferite o uccise a sassate.

[48] *chiappacani*: accalappiacani.

[49] *laboratori di fisiologia*: dove all'epoca venivano fatti esperimenti sui cani.

[50] *serragli*: recinti o gabbie dove venivano custoditi animali feroci.

uccise e divorate da pezzenti famelici! Si potrebbe forse contar sulle dita, risalendo fino allo scorso secolo, quelli dei suoi antenati che furono amati come lui, e fors'anche[51] egli rappresenta il colmo della fortuna d'una prosapia[52] di vagabondi non mai sfamati, di servi infelici del carro e della gleba, e di vittime danzanti della frusta dei saltimbanchi;[53] è forse il solo di tanti che abbia conosciuto la dolcezza dello zucchero e sia stato assunto alla dignità d'una cuccia di cotone. O povero Dick! E chi sa che non mi sian passati fra le mani dei portamonete e degli astucci, e ch'io abbia anche

[51]. E fors'anche *A*
[52] *prosapia*: stirpe.
[53] : *A*

calzato guanti fatti con la pelle di qualcuno dei suoi avi; chi sa se di alcuno di questi io non abbia letto le avventure nei giornali, nei racconti d'uno[54] di quei delitti, di cui un cane è svelatore inconsapevole, o strumento, o episodio pietoso; e chi sa pure se fra le molte povere bestie di nessuno, ch'io vidi spasimare[55] per le strade in mezzo a un cerchio di gente,[56] storpiati da una carrozza o sfiniti dal digiuno e dalla vecchiaia, non ci sia stato un padre remoto[57] di questo mio piccolo amico

[54] di uno *A*

[55] *spasimare*: soffrire in maniera atroce, venire meno.

[56] di curiosi *A*

[57] *remoto*: che ha lontani vincoli di parentela.

predestinato, che doveva poi occupare tanta parte dei miei pensieri, e destar tanto affetto nel mio cuore da farmi affannare d'ogni suo più leggiero malessere, come per una piccola creatura umana che m'avessero affidata i suoi parenti!

*

Povero mio Dick, fedele amico! Tu vieni ogni mattina a darmi il buon giorno, come se quest'augurio avesse ancora per me un significato, e quando, irritato di rivedere il sole, ti respingo, tu aspetti un miglior momento, e ritorni. Tu mi riconosci dalla finestra nella piazza e corri ad abbaiare che m'aprano

prima che io suoni il campanello. Tu vieni a levarmi dal tavolino, quando entra in casa un amico, dicendomi chiaramente: «Eh, smetti un poco di stillarti[58] il cervello: ti cercano!»

E quando un cantante importuno, nel cortile, canta una canzone allegra che mi fa male al cuore, tu, latrandogli dal terrazzo che la finisca, copri la sua voce e mi salvi dal tormento. E quando ritorno a notte di fuori, dove ho inteso o visto qualche infamia che m'ha fatto pigliare in odio o a schifo il genere umano, io[59] mi conforto ritrovando la bontà e l'affetto in te, di cui sento nell'oscurità la carezza e il mugolìo

[58] *stillarti il cervello*: scervellarti, arrovellarti.
[59] io *omesso in A*

festoso, appena aperta la porta. E quando stanco e mezzo malato mi lascio andare sul sofà in un aspetto insolito d'abbattimento, tu, inquieto, venendomi a leccar la mano che spenzola, mi dici: «Coraggio, padrone! Tu sai che vederti[60] così mi fa pena», e se non ti do retta, mi salti addosso, e mi fissi gli occhi in viso fin che mi scoto.[61] Ah, quei tuoi occhi neri e fissi, quante cose mi dicono forse,[62] che io non capisco! E forse anche tu osservi e comprendi assai più ch'io non immagini. Mi pare che tu comprendi qualche volta che io ho un pensiero assiduo

[60] a vederti *A*
[61] *scoto*: scuoto.
[62] mi voglion dire, forse *A*

e terribile, o che tu lo sospetti e ti sforzi d'indovinar quale sia, e mi passa per il capo a momenti un'idea strana, assurda, incredibile, ma che pure m'illude per la durata d'un lampo, e mi fa fremere: l'idea che tu s a p p i a...[63] Povero Dick! Fino a questo punto la tua vita s'è già insinuata nella mia! E in grazia tua[64] risento qualche cosa di quella dolcezza, non più sentita da molti anni, che ci viene all'animo dalla carezza che si fa ai piccoli e ai deboli, la cui sorte è in nostra mano, e dal riparlare il linguaggio.

*

[63] *La spaziatura sostituisce il corsivo presente in A*
[64] *in grazia tua: grazie a te.*

Ecco ora che rizza il capo e le orecchie, e freme tutto, fissando gli occhi dilatati alla finestra. Ha inteso la voce lontana d'un fratello, dall'altro lato della piazza: la voce del suo sangue, che gli ridesta dentro l'istinto della vita errante e libera, la nostalgia della società anarchica caudata,[65] da cui l'ho diviso. In questo momento, forse, egli lamenta e sdegna il proprio stato. Ed è giusto. Io dimentico quello che gli ho tolto quando penso d'avergli fatto un benefizio[66] dandogli ciò che gli ho dato. Povero Dick! No, io non ti benefico;[67] non faccio che

---

[65] *caudata*: munita di coda.
[66] beneficio *A*
[67] *non ti benefico*: non ti elargisco un beneficio.

darti quello che ti vien di diritto. Io ti debbo bene l'alimento[68] poiché ti impedisco[69] d'andartelo a cercare per il mondo, come fanno i tuoi fratelli senza padrone. Ti debbo bene delle cure e delle carezze[70] poiché t'ho chiuso in una prigione, e t'ho imposto un orario, una disciplina, un collare, una museruola, e mille soggezioni e riguardi[71] che riducono la tua vita come quella d'un collegiale vigilato e regolato in tutti i suoi atti e in tutti i suoi passi, e fino nei suoi pensieri. Ti debbo bene la visita del medico e il bagno caldo e l'insaponatura settimanale,

[68] , *A*
[69] *t'impedisco A*
[70] , *A*
[71] *soggezioni e riguardi*: imposizioni e cautele.

poiché ti condanno a respirare il fumo della si-
garetta e ti tolgo le corse sfrenate all'aria pura,
con le quali[72] non patiresti mai né languori di
stomaco, né raffreddori, né indigestioni.

E come non ho diritto alla gratitudine,
che tu mi dai[73] non di meno, non ho diritto
neppure di rimproverarti, come faccio
spesso, di quelli che chiamo tuoi difetti e
tuoi trascorsi.[74] Povero Dick! Tu, dopo
avermi supplicato di condurti fuori, mi
pianti, è vero, in mezzo alla strada, per

[72] facendo le quali *A*
[73] dài *A*
[74] *trascorsi*: sbagli.

andarti a profondere in complimenti[75] col primo cagnaccio tignoso che intoppi.[76] Ma, e io?[77] Quante volte nella mia vita ho fuggito la compagnia d'accademici[78] e di senatori venerandi, con cui mi annoiavo, per andarmi a strofinare[79] con gente scervellata e malfamata, che mi divertiva! E con che faccia inveisco contro di te che t'appropri senza

[75] *profondere in complimenti*: fare esagerate manifestazioni di devozione.

[76] *intoppi*: incontri per caso.

[77] Ma io? *A*

[78] di accademici *A*

[79] *strofinare*: stare a contatto ravvicinato.

permesso una coscia di pollo,[80] io che, per amore del quieto vivere, faccio buon viso a dei bricconi arricchiti con la frode e con la soperchieria?[81] E perché m'indispettisco del tuo abbaio[82] quando suona il campanello, io che ascolto con tanta pazienza tanti seccatori che non fanno men rumore di te, e non dicono nulla di più[83] né di meglio? E perché ti piglio a schifo[84] quando vai a ficcare il

[80] Si noti l'uso di appropriarsi con il complemento oggetto al posto del complemento di specificazione.

[81] *soperchieria*: prepotenza; forma desueta già all'epoca per *soverchieria*.

[82] *abbaio*: latrato.

[83] , A

[84] *ti piglio a schifo*: ti disprezzo.

muso in qualcosa di sudicio, io che ho letto con piacere tante sudicerie stampate, e che stringo la mano allegramente a tanti sudicioni che non campano d'altro? E come oso lagnarmi io… Ah, è una vergogna, caro Dick. Vedi che vile pitocco[85] è l'uomo qualche volta. Io sono andato a malincuore a pagar la tua tassa al Municipio,[86] come se non fosse una fortuna immeritata, un contratto d'oro addirittura l'avere un amico buono,

[85] *pitocco*: miserabile.
[86] *a pagar la tua tassa al Municipio*: era prevista una tassa da versare per chi possedeva un cane in casa.

fedele, sicuro come te[87] per la miseria di venti lire!

*

Che vuoi adesso, che annaspi con le zampe contro le mie gambe, guardando l'uscio e me con quegli occhi d'accattapane?[88]

Ho capito. Ti ribolle la curiosità: vuoi andare a vedere chi è entrato. Va',[89] piccolo

[87] , A

[88] *attaccapane*: mendicante, accattone; la forma registrata nei dizionari storici si trova solo come plurale invariabile, *attaccapani* (vd. S. Battaglia, *Grande Dizionario della Lingua Italiana*, s.v. e N. Tommaseo-B. Bellini, *Dizionario della lingua italiana*, s.v.).

[89] va' *A*; va *B*

pettegolo. Ma non fare il solito baccano d'ammazzasette,[90] come se a casa mia non ci venissero che dei ladri.

Povero Dick! Se anche non mi fosse affezionato e non mi dicesse tante cose con gli occhi, gli vorrei bene per la ricreazione[91] piacevole che mi dà con quella varietà infinita d'atteggiamenti e di mosse, che prima non avevo osservato mai negli animali della sua famiglia. È così grazioso quando s'arresta a un tratto con una delle gambe davanti ripiegata e sospesa, e con la testa inclinata da un lato, come colto da un

[90] *ammazzasette*: spaccone, smargiasso.
[91] *ricreazione*: ristoro, svago.

dubbio improvviso, e quando caracolla[92] e fa la ciambella[93] con le eleganze vezzose d'un poledro minuscolo,[94] o sta seduto davanti al fuoco con le gambe anteriori raggiunte,[95] il petto bianco sporgente e il capo rialzato, come un neo-cavaliere[96] vanitoso davanti alla macchina fotografica. C'è del comico in certi suoi modi di stare e di muoversi; mi par di vederci una caricatura voluta di certe impostature[97] e

[92] *caracolla*: corre, volteggia con piccoli salti.

[93] *fa la ciambella*: cioè trotterella sul posto; la ciambella è una figura dell'equitazione.

[94] *poledro minuscolo*: un piccolo puledro.

[95] *raggiunte*: unite.

[96] neo cavaliere *A*

[97] *impostature*: atteggiamenti.

movenze umane. Mi ricorda tanti uditori di conferenze scientifiche quando sonnecchia da seduto, abbassando la testa lentamente e rialzandola d'un colpo, per reclinarla da capo adagio adagio, come facevano quei signori, per non farsi scorgere, dando a quel ciondolìo del cranio plumbeo[98] l'apparenza d'un'approvazione[99] continua all'eloquenza che li addormentava. Quando cammina così[100] di sghembo, con quel torcimento[101] del collo così buffo, che non lo posso mai guardare senza sorridere, rivedo col pensiero certi vecchi militi

[98] *plumbeo*: grigio scuro.
[99] di un'approvazione *A*
[100] , *A*
[101] *torcimento*: contorsione innaturale.

acciaccosi[102] dell'antica guardia nazionale, che camminavano bistorti[103] a quel modo, quando andavano a salvare l'Italia in piazza d'armi, col fucile innocente sopra la spalla. Quando s'avvolge in sé come una pallottola, col muso sul polo antartico, non mostrandomi che un occhio socchiuso, che tien dietro a tutti i miei movimenti per la stanza, mi richiama alla mente certi mariti accucciati nel canto d'un vagone, i quali, volendo dormire e non fidandosi, invigilano[104] con una sola pupilla sonnolenta la giovine moglie svegliatissima, a cui siede in

---

[102] *acciaccosi*: malaticci, tormentati da acciacchi.
[103] *bistorti*: in maniera contorta.
[104] *invigilano*: vigilano con solerte assiduità.

faccia un giovane viaggiatore sospetto.[105] E non è l'immagine dello spettacolo ameno e compassionevole che dà l'uomo della imbecillità propria prorompendo in ingiurie minacciose contro sé medesimo per un grosso sproposito commesso, quando egli gira in arco come una ruota, ringhiando e addentandosi la coda, come se la sua coda[106] fosse l'appendice d'un suo nemico? E quando si rizza e sta su come un fantoccio, postergando[107] la sua

[105] certi vecchi raggomitolati accanto al fuoco, che invigilano con una sola pupilla sonnolenta i loro nipotini a cui veggon negli occhi il proposito d'una malefatta *A*

[106] la sua coda *omesso in A*

[107] *postergando*: lasciando da parte.

dignità di quadrupede, senza avvedersi delle risa che suscita, per arrivare a un pezzo di chicca[108] che gli si tiene alto sopra il capo, non dà l'idea inversa del candidato politico,[109] che prostituisce la sua dignità di bipede, buttandosi a quattro gambe davanti al grande elettore che gli mostra il voto?[110] E così lo sbadiglio squarciato[111] e sonoro, terminante in un guaito, con cui egli taglia a mezzo talvolta il discorso d'un visitatore seccante, mi fa pensare allo sbadiglio ingenuamente sincero col quale i bambini esalano la

[108] *chicca*: zuccherino, dolcetto.
[109] dello strisciante ambizioso *A*
[110] al personaggio influente, che gli mostra il nastro di una croce *A*
[111] *squarciato*: smisurato, esagerato.

loro noia in certe conversazioni stupide di salotto, e che fanno rider tutti di nascosto, appunto perché esprimono il sentimento comune con una schiettezza vietata ai grandi dal Galateo.

E quelle orecchie! Quelle due grandi orecchie che ora s'allargano come padiglioni di tromba, ora ricascano come foglie di lattuga appassite, e ora s'aprono l'una da una parte e l'altra dall'altra, rappresentando lo stato d'animo di chi ascolta due avversari parlanti insieme, con l'intento di trar profitto d'entrambi senza dar ragione ad alcuno, ah[112] quelle due orecchie così capaci,[113] così agili e delicate, che

112 , A

113 così capaci *omesso in A*

raccolgono ad un tempo cento suoni vicini e lontani impercettibili all'udito umano, quanti furbi imbroglioni le vorrebbero avere! E sì, anche quelle due macchie fosche,[114] che rompono la bianchezza del suo pelame, come due chiazze di caffè su una tovaglia, e mi rammentano quei topponi[115] di colori stridenti che portan sulla schiena i pagliacci dei circhi per esilarare[116] il popolino, anche quei due bolli[117] che

[114] *fosche*: scure.

[115] *topponi*: toppe di grandi dimensioni.

[116] *esilarare*: divertire, rendere allegri.

[117] *bolli*: il bollo è un marchio che veniva impresso sul corpo dei condannati per alcuni reati e degli schiavi; in questo caso dovrebbe trattarsi di macchie.

par che la natura gli abbia messi per celia[118] a traverso il dorso e alla radice della coda, mi ridestano sempre non so che ilarità di ragazzo, sciocca e serena, quando penso ch'egli non sa d'averli, e che il bambino del portinaio fu stupito di vederglieli ancora il giorno che lo levammo dal bagno in presenza sua…

*

Eccolo qua da capo, di ritorno dalla spedizione, raggomitolato sul suo canapè letterario. E sta'[119] un po' quieto ora, ch'io[120] ti faccia

[118] *per celia*: per scherzo.
[119] sta' *A*; sta *B*
[120] che *A*

una confidenza filosofica, mio caro Dick. Se tu sapessi che curiosità mi punge, e mi fa pensare per ore[121] di penetrar con la mente nel tuo cervello, per sapere che cosa capisci e che cosa non capisci,[122] e quali siano i confini di codesta intelligenza che ingrandisce e rimpicciolisce nel mio concetto continuamente, come allo sguardo un oggetto che s'avvicini e s'allontani, e quali embrioni e ombre d'idee[123] ti dèstino lo spettacolo del mondo e il nostro aspetto e gli atti e i suoni che ci escono dalla bocca! Se sapessi quanto m'affatico il pensiero per misurare la distanza che

[121] , *A*
[122] e che cosa non capisci *omesso in A*
[123] di idee *A*

corre fra di noi, e scoprire la tua riposta natura, e quella dei legami che ci congiungono e delle barriere che ci separano! Se sapessi che mistero attraente e solenne si chiude per me in codesto tuo piccolo capo che mi sta tutto nelle mani come un'arancia, in codesto guardo, così semplice e oscuro ad un tempo, nel quale mi pare a volte di vedere dei barlumi di pensieri umani, lo sforzo della parola che non può uscire,[124] il rammarico del silenzio forzato, e quasi lo spasimo d'un'anima compressa in una prigione d'ossa e di carne, che senta la mutilazione di facoltà antiche, e ne serbi una reminiscenza confusa! Se sapessi

[124] udire A

come mi tormenta a quando a quando il pensiero che di tutto questo non saprò mai nulla, che non ne saprà mai nulla nessuno, e che potremmo vivere insieme dei secoli senza che mi riuscisse di fare il minimo passo più avanti nella conoscenza dell'intimo tuo essere, della visione che tu hai dell'uomo e delle cose!

Ma tu sei più fortunato di me, ché[125] non ti puoi beccare il cervello[126] su questi enigmi, e sei buono senza saperlo, e ami senza

[125] che A
[126] *beccare il cervello*: lambiccare.

pensare, e vivi per vivere, ignorando la sventura e la morte.[127]

*

La morte. Ecco un pensiero che non m'era
mai venuto, riguardo a te. Vieni qua, Dick;
mettiti ritto, dammi le zampe nelle mani, e
guardiamoci bene negli occhi, per vedere
d'intenderci meglio.

Che cosa sarà di noi, mio caro Dick? Sta-
remo lungo tempo insieme? Chi di noi due
sarà quello che lascerà l'altro?

In verità, non vorrei che fossi tu. Oh, per
molte ragioni… Ma se tu fossi quello, se io

[127] …A

son destinato a vederti invecchiare e morire, sta' pur certo che avrai una vecchiezza rispettata e tranquilla, mio povero amico; che non chiameremo nessun tuo fratello a darci il diletto che tu non ci potrai più dare; che rimarrai tu unico oggetto del nostro amore e delle nostre cure in questa casa dove tu primo facesti rispuntare il sorriso, e dove sarai stato per tanti anni il solo convivente consolatore;[128] e che se anche un colpo di tempesta mi gettasse sul lastrico, io dividerei ancora il mio pane con te, e lavorerei fino all'ultimo resto delle mie forze, quando pur non avessi altri doveri, per addolcire i tuoi ultimi giorni. Mio caro, mio

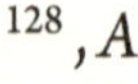

[128] , A

buon Dick! Tu potrai perder la vista, i denti e la voce, e ridurti un povero corpo immobile, non più vivo che per soffrire; ma non perderai la mia gratitudine e le mie carezze, mai, e la tua forma morta non andrà sotterra senza lacrime, e la tua memoria mi sarà dolce e cara fino a che porterò piantato nel cuore il pugnale che m'ha trafitto senz'ammazzarmi.[129]

Eccolo[130] che freme di nuovo dalle orecchie alle zampe perché ha inteso una lontana voce fraterna, e si dibatte per isfuggirmi.[131] E, poveretto, ha ragione. Si secca. Ma è il suo

[129] senza ammazzarmi *A*
[130] Ecco *A*
[131] sfuggirmi *A*

destino. Guai a chi casca nelle mani d'un conferenziere, anche se[132] è un cane.

…E se sarò io il primo ad andarmene – senti ancor questo, caro Dick – se sarò io il primo, ti ricorderai di me, quando non mi vedrai più, quando ti resterà soltanto il padrone giovane? Ti ricorderai ancora qualche volta del padrone vecchio, che ti ha voluto tanto bene?[133] Andrai ancora a cercarlo di quando in quando a quel tavolino dov'egli[134] ha tante volte interrotto il suo lavoro per pigliarti in braccio, e su quel capezzale, dove vieni ora a

[132] se anche *A*
[133] ; *A*
[134] dove egli *A*

salutarlo ogni mattina, e dove, ricambiandoti il saluto, egli ha stretto tante volte la tua testa contro la sua guancia, bagnata di lacrime[135] da un sogno disperato? E mi richiamerai qualche volta alla memoria del padroncino, quando lo vedrai pensieroso e triste, e lo farai sorridere, e lo esorterai con la voce ad uscire, a cercar gli amici, a condurti in campagna con sé[136] a riprender nell'aria aperta e nel movimento l'amor della vita e del lavoro? Ti ricorderai? Farai tutto questo, buon Dick, fido compagno mio, caro conforto della mia solitudine e delle mie fatiche?

[135] lagrime *A*
[136] , *A*

Ah, il tuo sguardo fisso e luccicante mi risponde di sì, la tua lingua che cerca il mio viso dice di più che se parlasse, e la tua coda commossa promette. E io ti ringrazio. E ora va'.[137] Hanno sonato.[138] So chi è. È un signore che mi viene a leggere un manoscritto. Abbaiagli pure.

[137] va' *A*; va *B*
[138] suonato *A*

Tavola di Corrado Sarri per la prima edizione del 1900

Tavola di Corrado Sarri per la prima edizione del 1900

EDMONDO DE AMICIS

Il mio ultimo amico

PALERMO
CASA EDITRICE SALVATORE BIONDO
VIA ROMA, N. 54

Frontespizio della prima edizione Biondo del 1900

EDMONDO DE AMICIS

NEL REGNO DEL CERVINO

NUOVI BOZZETTI E RACCONTI:
Nel Regno del Cervino. - Ricordi di Natale. - La mia officina. - L'ultimo amico. - Nel giardino della follia. - La posta d'un poeta. - Un'illusione. - Musica mendicante. - Il segreto di Gigina. - I vicini d'albergo. - La " prima elementare „ alla doccia. - Il sogno di Rio Janeiro. - La guerra. - Il saluto.

MILANO — FRATELLI TREVES, EDITORI — MILANO
Via Palermo, 12; e Galleria Vittorio Emanuele, 64 e 66.

ROMA: Corso Umberto I, 174.   NAPOLI: Via Roma, 258 (Palazzo Berio).
FIRENZE: presso Bemporad e figlio.   BOLOGNA: presso Nicola Zanichelli.
TRIESTE: presso Schubart. - LIPSIA, BERLINO, VIENNA: presso Brockhaus.

OTTAVO MIGLIAIO.

Frontespizio dell'edizione Treves del 1905

INDICE

Nella collana *I Classici Ritrovati*, diretta da Enrico De Luca, sono proposti classici, più o meno noti, della Letteratura Universale in edizioni la cui caratteristica principale risiede nella cura con la quale sono stati confezionati i testi, sempre rigorosamente integrali e corredati da apparati di note che ne consentono una migliore e più profonda comprensione. Solo così, infatti, è possibile ritrovare quel piacere che scaturisce da una lettura rispettosa di opere letterarie senza tempo, che ci parlano in una lingua e con uno stile diversi da quelli contemporanei, ma che sanno trasmetterci emozioni, consigli e godimento estetico come nessun altro libro è in grado di fare.

I Classici Ritrovati

1. Charles Dickens IL GRILLO DEL FOCOLARE
2. Charles Dickens A CHRISTMAS CAROL
3. Edmondo De Amicis L'ULTIMO AMICO
4. Jean Webster PAPÀ GAMBALUNGA
5. Lucy Maud Montgomery LA STANZA ROSSA E ALTRE STORIE DI FANTASMI (in preparazione)